Michael Heinen-Anders
Mohammeds letzter Wille –
Ausgewählte Prosa
1976 - 2013

Ausgewählte Prosa
1976 – 2013

3. erweiterte Auflage

Copyright ©2013 Michael Heinen-Anders

Herstellung und Verlag: BoD - Books on Demand,
Norderstedt
ISBN **978-3-8448-0368-6**

Inhaltsverzeichnis

„Märchen"

An einem Dienstag klingelte bei mir das
Telefon; es war Beethoven, wie verrückt,
der spielte die 7. Symphonie, da legte ich
den Hörer aus der Hand und lud die
Musiker zum 5-Uhr-Tee. Draußen glitzerte
etwas vor dem Fenster; als ich heraussah,
regnete es Goldstaub vom Himmel. Als ich
das Fenster schloss, sprang die Sonne
lachend im Zimmer umher, als spiele
sie fangen. Die Lichter zuckten bei jeder
Berührung.
Als ich ins Bad ging, floss Honigschleim
in die Wanne, obwohl der Wasserhahn
abgestellt war; im Spiegel lief
Kinoprogramm.
Auf dem Flur stolperte ich über eine Reihe
unbekannter Apfelsinen, die sich wohl
zufällig hierher verirrt hatten; ich zeigte
ihnen den Weg nach draußen.
Dann läutete wieder das Telefon, ich
erwachte; es war niemand am Apparat.

Die Totengräber
(Franz Kafka gewidmet)

Sie stehen da, mit beiden Händen Wasser
schaufelnd, nach den Seiten tragend.
Sie kommen keinen Zentimeter tief, so
sehr sie sich auch mühen. Und mit stets
verbissenerem Eifer in ihrer Arbeit
fortfahren.
Es gelingt den Gräbern nicht das Loch.
Das Grab, in diesem Fluss will nicht
entstehen.
Ewigkeiten scheinen notwendig, dies Grab
zu schaufeln.
Und doch ist keiner von ihnen in der Lage
einen Fortschritt zu sehen.
So stehen sie noch und schaufeln ihre
Flüche, mit den Händen in den Himmel
stoßend.

Der Griesgram

Ein lachender Mensch steckt seinen Kopf
zur Tür herein.
Welche Anmaßung – denkt sich der
Griesgram. Er verlangt Respekt vor seiner
schlechten Laune und fordert als Tribut für
das störende Eindringen: die gute Laune
des Besuchers.
Doch dieser strahlt, unfähig, das geforderte
zu erfüllen, von Augenblick zu Augenblick
mehr.
Entsetzt über derartig frevelhaftes
Verhalten setzt der Griesgram seine
grimmige Miene auf und schweigt.
Dem Besucher hingegen scheint die gute
Laune nur so zuzufließen.
Der Griesgram stutzt – und beschließt,
erzürnt über soviel Unverfrorenheit, seine
stärkste Waffe einzusetzen.
Er täuscht den Besucher mit einem
Lächeln, und als dieser über die
Umkehrung seines Verhaltens stutzt und

gerade im Begriff ist, seine Plaudermiene aufzusetzen, da lässt der Griesgram gegen den erstarrten Lächler Schimpfworte los. Er lässt ihnen freien Lauf und sie fallen den Lächler – im Augenblick der Überraschung – hinterrücks und meuchelmordend an.

Der Lächler ist besiegt. Grimmig blickend schickt er die Flüche zurück. Doch der Griesgram zuckt nur die Schultern und wendet sich mit Selbstzufriedenheit im Blick ab.

Er verlässt den empörten Besucher und ist erfreut, seiner guten Laune den Todesstoß versetzt zu haben. Denn er ist Griesgram und kann Lächler aus Prinzip nicht leiden. Und so zerstört er gute Laune wo er sie – oder – wo sie ihn vorfindet.

Er hütet seine schlechte Laune wie einen Schatz und ist ängstlich darauf bedacht, sie nicht zu verlieren, denn was gibt es schlimmeres als lächelnd durch die Welt gehen zu müssen?

Leicht werden die Menschen dann
aufdringlich und wollen was abhaben von
der guten Laune.
Er jedoch, der Griesgram, will allein sein,
und er hasst Menschen und deren gute
Laune.

Dicke Bohnen

Da liegt man nun, ist halb erschlagen. Und
niemand kommt.
Andererseits, die Fliegen an den Fenstern
sind noch sehr lebendig.

Sie turnen ihren Reigen weiterhin ganz
unbesorgt.

Da erzählte mir gestern einer was vom
Totenschiff. Komischer Kerl. Will mir
seine Märchen auf die Nase binden.

Nein, das glaub ich ich nich. Das glaub ich
nie und nimmer nich.

Totenschiff! So was spinnertes, Emma
wurde auch schon ganz komisch.

Das liegt am Wetter oder am Vollmond,
vermutlich.

Oder an beidem zugleich. Ich weiß auch nich, wie die drauf kam, mir zu erzählen, die Katze hätte gesprochen.

Alberner Aberglaube. Die hat sich sicher verhört. Die mit ihrem schlechten Gehör. Die hört so manches, lauter Unsinn. Doch, was es wirklich zu hören gibt, das hört sie nich.

Nur falsches Zeug. Selbstgemachtes, das erzählte mir früher meine Oma auch. In den Ferien. Den ganzen Tag hindurch und abends, vor dem Einschlafen.

Waren das schöne Ferien und überhaupt, dieser Bauerhof. Da gab es noch etwas zu sehn. Lauter Gänse und Hühner und Kühe. Die gackerten wie wild.

Die Hühner mein ich natürlich, was denn sonst?

„Brumm". Das war nah, sieh dich vor, Freund.

Elendes Biest! Schon wieder. Scher dich weg, gefälligst! Hat Emma denn die Marmelade offen stehen lassen? Emma wird auch immer schlampiger. Das macht das Alter.

Nachtsüber nich schlafen können und dann Tags drauf die Müdigkeit.
Das kennen wir.

Seit sie fort ist, geht's mir auch nich besser.

Immer diese Müdigkeit.

Ich esse nich mehr hier. Wegen der Fliegen. Die Läden hab ich runtergelassen, wegen der Sonne. Hier fällt kein Licht mehr rein. Nie, nie mehr.

Die Neonlampe brennt wie früher, als wir hier beisammen saßen.

Und aßen: Dicke Bohnen.

Jetzt riecht es überall nach Emma und dicken Bohnen. Ich kann das Mistzeug nicht mehr ertragen, auf den Tod nich.

Jeden Tag gab es: Dicke Bohnen.

Verdammt! Nur sonntags nich. Sonntags gab es Bohnentopf. Mit Würstchen. Ich ertrag das nich mehr hier! Diese Fliegen! Was wollen sie hier? Schert euch Weg! Ich brauch euch nich. Ich hab euch nich gerufen!

Euch kann ich zum Kotzen nich ausstehen!

Jetzt versteh ich das tapfere Schneiderlein, und auch den Riesen, der seine Frau umbrachte Früher hab ich so was nicht geglaubt. Und Emma sagte immer: So was gibt's nich.

Natürlich nich. Das Totenschiff nich, oder eine sprechende Katze.

Die gibt's sicherlich nich. Alles blöder
Unfug. Aber den Riesen und das tapfere
Schneiderlein, die gibt's. Auch wenn sie
schon tot sind.
Aber nich so'n albernes Gebabbel vom
Totenschiff. Ich seh schon genug
Gespenster. Auch ohne das. Zum Beispiel
Emma: Ich hab genug von ihren dicken
Bohnen. Ein für alle Mal: Genug!

Jetzt gibt es keine Bohnen mehr,
Überhaupt nie mehr.

Keine Einzige.

Nicht mehr die geringste Spur davon. Ich
hab sie rausgeworfen.

Die Nachbarn werden sich gewundert
haben. Ach, die Nachbarn,
die sollen sich beschweren. Wenn einer
sein Leben lang dicke Bohnen
gegessen hat, dann hat er eines Tages
genug davon. Das ist doch klar.
Natürlich ist das klar.

Ein Mensch ist doch auch nur ein Mensch.

„Brumm". Schon wieder eine. Ganz nah.

Warte, du Biest. Jetzt werde ich dir's
geben.

BUMM. So Mausetot bist du also.
Mausetot bist du jetzt.
Sag ehrlich, was hattest du davon, von den
dicken Bohnen, von dieser
Quälerei. Jeden Tag gab es dicke Bohnen,
ich schwöre dir: jeden Tag.

Ein Mensch ist nu mal ein armes Tier. Was
mag er dicke Bohnen
essen? Den ganzen Tag; die ganze Nacht
nicht einschlafen können davon. Immerzu
den Geruch in der Nase.

Den Geruch immerzu.

Auch jetzt noch. Da wird einem ja schlecht davon. Ganz Schlecht! Du weißt, du bist es selbst schuld.

Arme kleine. Liegt jetzt in der Ecke und ist mausetot. Kann die Flügelchen nicht mehr rühren.

Emma sagte immer: Ich tu mir mal was an, wenn du keine Ruhe gibst.
Gezeter immerzu.

Kein Laut dringt mehr ein.

Die Läden sind zu. Jetzt.

In der Ecke liegt Emma, die kommt nicht mehr zurück.

Nein, nie nie mehr.

Jetzt geh ich rüber zum Ochsenwirt.

Kram

Zuweilen kommt es vor, dass ein Blatt
verschwindet, unter dem großen Wust.
Aber meist ist es nicht so tragisch, es
findet sich wieder, eines Tages.

Nun geschah es aber, dass ein Angestellter
einer großen Fabrik für ein paar Tage
ausfiel.
Es sammelten sich Papiere in großer
Menge, seine Vertreter legten sie ihm,
anstatt sie zu bearbeiten, das erste
zuunterst, auf einen Stapel. Der Stapel
wuchs und nun fand sich der Angestellte,
als er wiederkam, überhäuft von mehreren
Stapeln, mit mehr oder weniger wichtigem
beschrieben. Manches war dringlich,
manches nicht, aber das wusste der Mann
nicht so genau. Jedenfalls saß er da, vor
einem großen Stapel beschriebenen
Papiers und zweifelte, ob er ihn würde
bewältigen können. Doch nahm er sich
Mut und fing zu lesen an, das unterste nach

oben kehrend. Kaum kam ihm etwas bekannt vor, kaum wusste er es zu bearbeiten, da kam ihm das nächste unbekannt vor, er hätte nachfragen müssen, doch schließlich hatte er auch noch die tägliche Post zu bearbeiten, die sich unglücklicherweise gerade in jenen Tagen häufte. Auch rief ihn sein Chef, häufiger als sonst, zu dieser oder jener Besprechung, in Angelegenheiten, die ihm meist unbekannt waren, so musste er also vorarbeiten und griff sich dieses oder jenes Papier aus dem endlos wuchernden Stapel hervor. Dadurch geriet aber der Stapel unbearbeiteten Papiers in eine solche Unordnung, dass er sich kaum noch zurecht fand und den Gang der Geschäfte nur mit Mühe bewältigte. Schließlich nahm er sich vor, zuallererst den Stapel unbewältigten Papiers zu bearbeiten und die tägliche Post nach kurzer Lektüre zur Seite zu legen.

Dies gelang ihm aber nicht in der gewünschten Weise, es tauchten Fragen immer dann auf, wenn er sich nach

Arbeitsschluss allein im Kontor befand und niemand blieb, den er hätte fragen können. So lag bald auch die tägliche Post unerledigt und sammelte sich zu einem neuerlichen Stapel mehr oder minder dringlichen Papiers.

Die Bearbeitung der unerledigten nun oft schon überfälligen Post wollte keinen Fortgang nehmen und da der Mann Angst hatte seinen Posten zu verlieren, blieb er oft bis hinein in die Nacht im Kontor sitzen. Bald packte dann den Mann die Verzweiflung. Auskünfte die er benötigte bekam er nicht, auch tagsüber nicht, da es niemand hätte besser wissen müssen als er, der über den Gang der Geschäfte in seiner Abwesenheit ahnungslos war. So vereinsamte er zunehmend und in der Kollegenschaft ging ihm der Ruf des Leisetreters und Faulpelzes nach, was er unbedingt vermeiden wollte. Gespräche nach Feierabend mit seiner Familie blieben einsilbig und da er sie kaum mehr bei Tageslicht sah, blieben sie schließlich ganz aus. Zunehmend machte

ihm die Müdigkeit zu schaffen, die bleiern
in seinen Knochen hing und den Fortgang
der Dinge nur erschwerte. Er sah sich
letztlich in Bergen beschriebenen Papiers,
begraben über dessen Inhalt er kaum etwas
wusste, als dass er es eben, dringlich oder
nicht bearbeiten musste.
Merklich nahm seine Vergesslichkeit zu.
Oft verwirrte ihn ein Telefonanruf derart,
dass er stundenlang dasaß, rätselnd,
nachsinnend, sein Unwissen bedauernd,
kaum mehr in der Lage, sich auf neues,
vielmehr altes zu konzentrieren.
Schließlich wurde auch unter den Kollegen
die Nachrede übler und unverhohlener, so
dass der Mann sich oft der Tränen kaum
erwehren konnte.
Er bedauerte die Schlechtheit der Anderen,
konnte aber kaum beweisen, dass er besser
war, als der Ruf, der von ihm ausging.
Eines Tages überwältigte ihn die
Melancholie derartig, als dass er
stundenlang in seinem Büro dasaß und vor
sich hinweinte. Doch bedauerten ihn die
anderen nicht etwa, sondern sahen auf ihn

merklich herab, während sie das Übel, in Gestalt des unbewältigten Papiers, den Grund für seinen Missstand, längst vergessen hatten.

Eines Nachmittags überfiel den Mann eine derartige Wut, dass er laut herumschrie, und jeden der ihn streifte, auf das Übelste beleidigte.

Es war kurz vor Büroschluss, so dass alles, mit Mänteln und Taschen schon halb bekleidet, zusammenströmte und um ihn herumstand. Die Gesellschaft wirkte besorgniserregend, so wie sie dastand und gaffte. Das machte ihn nur noch wütender, so dass er die Umstehenden unflätig beschimpfte, was er früher nie getan hätte. Schließlich lies einer der Höheren Angestellten, dem der Auflauf doch zu bunt wurde und der den offenen Aufruhr vermeiden wollte, einen Krankenwagen holen.

Die Krankenpfleger waren, nach Lage der Dinge, bald überzeugt, hier einen Irren vor sich zu haben. Sie packten den Mann in eine Zwangsjacke und schleppten den wild

zappelnden hinaus; zum Abtransport in
eine Nervenklinik.
Der Mann, der dort seine Normalität
beteuerte, wurde bald daraufhin in eine
geschlossene Anstalt zwangseingewiesen.
Wir haben schon lange nichts mehr von
ihm gehört.

Die Nacht der reißenden Wölfe

...Laß mich auch mal. Nein, laß
mich...Noch einen Zug.
Erich zog fest und füllte seine Lungen mit
dem Qualm, der für ihn die Welt
bedeutete. Füllte seine Lungen bis zum
bersten und vergaß die Welt um sich
herum....Vergaß auch Gerd und Hans, die
ihn nun energisch drängten die Pfeife doch
mal rüberwachsen zu lassen.
Erich hörte nicht, er träumte, horchte in
sich hinein, hielt die Pfeife starr und
unbeweglich in der Hand und grinste ins
Leere. Stürme....oh Himmel. Welt, was
hast du Farben. Welche Fülle. Gespenstig
erschien jetzt der abendliche Nebel...
Geister tanzten, streckten und reckten sich,
schossen mal hervor und verschwanden
wieder. So saßen sie da, auf einer
Parkbank, in unmittelbarer Nähe eines
Teiches, auf dem die Nebel noch viel
gespenstischer erschienen und ihren Tanz
mit gesteigerter Wildheit tanzten.

Zweieinhalb Stunden saßen sie jetzt schon dort. Doch sie froren nicht in der abendlichen Kälte. Und eigentlich waren sie ja auch gar nicht mehr hier. Hier lag nur der Start einer Reise. Sie sahen schon längst die Sonne und atmeten Freiheit. Und nicht sie froren. Es waren nur noch ihre leblosen Hüllen die froren.

Erich saß auf einem pfauenbesetzten Thron und hielt sein qualmendes Zepter in den Händen. Irgend jemand aus der Ferne, meinte zu ihm, er solle es doch endlich hergeben. Doch was erdreistete sich dieser Wicht, was wollte er bloß?

Erich war im Begriff seinen Dienern zu befehlen diesen Tropf auf der Stelle hinwegzuschaffen. Doch da verschwanden die Diener und da verschwand auch der Thron.....und er saß wieder auf einer Parkbank und fror. In der Hand hielt er kein Zepter mehr, sondern eine Pfeife mit dem Namen ‚Chillum', so genannt wegen ihrer indianischen Herkunft.

Und wieder verlangten Hans und Gerd energisch die Pfeife.....Nebelhaft drangen verschwommene Worte in Erich's Bewusstsein. Und dann nahm er auch wieder die Freunde wahr, die mit ihm hier saßen und mit ihm hier froren. – Und die mit immer eindringlicheren Bitten seinen Traum vertrieben.

Erich gab die Pfeife weiter, die nun wieder die Runde machte; illusionsspendend und trostverheißend die klare Abendluft mit ihrem Duft bedrückte. Während drei Entrückte ihrem Verzücken Folge leisteten und in dem hellen Mondschein Spukgestalten und göttergleiche Feen, mit visionärer Wahrhaftigkeit liebend und leidend, erlebten.

Traumphantasien beflügelten ihre Sinne, ließen sie mal schweben und mal fallen....Ließen sie die Kälte vergessen, während die Pfeife ihre Runde machte und Zug um Zug ihre Lungen mit süßlichem Qualm füllte....: Bis zum Bersten füllte.

Hans sah die Bäume an, die vereinzelt in der Nähe des Teiches und dicht gedrängt an den Parkwegen standen, und glaubte Gesichter zu sehen.

Gesichter? Nein Masken, die sich ihm drohend näherten, ihm die Luft nahmen und ihn in Angst und Schrecken versetzten.

Oh Mann, ich hab den Horror, stöhnte er. Doch die anderen hörten ihn nicht und schwiegen.

Und plötzlich fühlte sich Hans allein, mutterseelenallein mit seinen Ängsten....... Der Schrecken kroch an ihm hoch. Er sah Feuer, sah Flammen an sich hochzüngeln, sah sich brennen.

Panik ergriff ihn und er starrte angsterfüllt auf das Trugbild, das ihn mit allen Schrecken zu martern wusste. Dann, ganz plötzlich, schrie er, schrie um sein Leben..... Weckte Gerd und Erich, die überhaupt nicht verstanden, aus ihren Träumen und lief, lief um sein Leben...... verfolgt von Schreckensbildern und speienden Drachen. Ihm standen die Haare zu Berge. Er lief, ziellos endlos. Lief immer weiter, flüchtete über kiesbesäte Parkwege vor seinem eigenen Schrecken.

Doch dieser saß ihm fest im Nacken und wich keinen Zentimeter.

Er schoss durch das Parktor, hinaus auf die hellbeleuchtete Straße, und lief durch die plötzliche Helligkeit doppelt erschreckt, mit einer wahnsinnigen Angst, vorbei an parkenden Autos und finsteren Häusern, in Richtung Fluss.

„Mensch, wenn dem jetzt was passiert", meinte Gerd, „Wir müssen ihm nach!" Gemeinsam liefen sie los. Rufend, ziellos suchend. Sie keuchten und ihre Lungen schmerzten.

„Ich kann nicht mehr" rief Erich schweratmend und blieb stehen.

„Du Gerd, ich kann nicht mehr weiter!" keuchte er, nachdem Gerd sich ihm genähert hatte.

„Schon gut" meinte daraufhin Gerd: „Ruh dich aus. Ich werde versuchen ihn alleine zu finden." – Und als er schon weiter weg war rief er noch: „Ich komme dich nachher hier holen. Wenn ich ihn habe!"

Gerd war es mulmig zumute. Er hatte keine Ahnung, wo Hans in seiner Panik hingelaufen sein könnte. Es beschlich ihn ein ungutes Gefühl. Es war ihm fast, als röche er das Unglück. Jetzt nur nicht die Nerven verlieren, dachte er, immer schon cool bleiben.

Gerd wollte auf das Nordtor des Parks in Richtung Bahnhof zulaufen, verirrte sich jedoch in dem Labyrinth von Trampelpfaden, die durch die Büsche und allerlei anderes Gewächs, das ihm die Sicht versperrte, hindurchführten. So wandte er sich dann, zunächst ohne es zu wissen, gen Süden.

In der Nähe des Südtores kam er aus dem Buschwerk heraus, hinauf auf einen der größeren Parkwege, welcher geteert war, weil auf ihm des öfteren auch Zuliefer- und Gemeindefahrzeuge einherfuhren.

‚Der Fluss' – schoss es Gerd durch den Kopf. Dorthin könnte er gelaufen sein. Gerd beschleunigte seinen Lauf und lief durch das Südtor hindurch in Richtung Fluss. Und richtig, so war es denn auch. Gerd lief am Flussufer entlang, konnte zunächst nichts erkennen, sah dann aber doch wie sich ein „Etwas" in der Nähe des Flussufers bewegte, das der Gestalt seines Freundes Hans verdammt ähnelte.

Und er war es auch. Die zusammengesunkene Gestalt, die plötzlich gar nicht mehr so sehr seinem Freund Hans ähnelte, wie er ihn sonst kannte, starrte ihn mit schreckgeweiteten Augen an.

„Na da bist du ja endlich", sagte Gerd erleichtert. „Was hast du denn?" fragte er.

Keine Antwort kam.

Hans erkannte ihn nicht und sah ihn an, als hätte er den Teufel in Person vor sich.

„Nein, ich will nicht!!!" schrie er endlich, „Aaaah, nein!!!"

Mit wutverzerrtem Antlitz sah er Gerd an und fing dabei an, um sich zu schlagen.

Gerd versuchte ihn zu beruhigen, doch es gelang ihm nicht.

Er bekam einen Treffer auf die Nase ab und schrie entsetzt: „Nun mach mal halblang. Beruhige dich doch endlich."

Aber nichts geschah. Hans wurde nur noch wilder und schlug nun wie von Sinnen um sich. Langsam wurde Gerd die Sache doch unheimlich. Mensch, der hat bestimmt auch noch einen Trip geschmissen und ist jetzt auf Horror, dachte er sich. Warum, hat er uns denn nichts gesagt, fragte er sich.

Er hatte einmal erlebt, wie jemand auf den Horror kam. Und es fiel ihm auf, dass das Verhalten der beiden, Nick damals und Hans heute, nahezu identisch war. Bis auf den Umstand, dass Hans noch viel wilder und heftiger reagierte, als damals Nick. Und dass er, Gerd, damals nicht allein dieser Situation gegenüberstand. Sie waren damals zu siebt gewesen. Erich war auch dabei. Wäre er doch jetzt bloß hier, dachte Gerd mit einem beängstigenden Gefühl der Hilflosigkeit. Warum ist er bloß nicht mitgekommen, dachte er verzweifelt. Schon damals war es sehr schwierig Nick wieder zur Vernunft zu bringen. Doch damals war auch eine Medizinstudentin namens Franziska mit dabei gewesen. Erich hatte sie mitgebracht. Was tat sie denn gleich damals? Gerd versuchte sich krampfhaft zu erinnern. Was gab sie ihm denn damals?

Ja, es fiel ihm wieder ein. Süßstoff! Mit Süßstoff, den sie ihm damals einträufelte, beruhigte sie ihn damals wieder.

Gerd kramte in seinen Taschen.

Ein Taschenmesser, eine leere Börse, ein Taschentuch, ein Tabakbeutel, Silberpapier und ein Feuerzeug förderte er zutage. Doch keinen Süßstoff, nicht einmal ein Bonbon.

– DAS WASSER, fiel ihm ein. Ich sollte es mit kaltem Wasser versuchen, dachte er. Vielleicht hilft das. Ja, ich werde es versuchen.

Er lief zum Ufer und stieg die Steinstufen hinunter. Doch da fiel ihm ein, dass er gar kein Gefäß hatte, um es zu transportieren. Er suchte unten am Fluss zwischen den Steinen nach einem geeigneten Behälter. Und zu seiner Überraschung fand er tatsächlich einen alten löchrigen Hut, den wohl ein alter Penner hier verloren hatte. Dieser Hut war zwar nicht gerade ideal für diesen Zweck, doch Gerd entschloss sich, es trotzdem zu probieren. Wenn ich die

Löcher zuhalte, wird es wohl gehen,
dachte er sich.

Er ging mit dem Hut an das Wasser und
schöpfte es ein. Zunächst lief das Wasser
sofort wieder hinaus, doch nach
genauerem Überlegen schaffte Gerd es
dann endlich, die Löcher zuhaltend, genug
Wasser einzufüllen.

Er lief so schnell er es mit dem Wasser
eben konnte, auf das Ufer zu. Sprang
schnell die Stufen an dem kleinen
Schutzdeich hoch und stellte, als er bei
Hans war, fest, dass er trotz der Eile nur
etwa die Hälfte des Wassers eingebüßt
hatte. Gespannt auf den Effekt stülpte er
dem noch immer tobenden Hans einfach
den Hut über, so dass ihm das Wasser an
Mund, Nase, Augen und Ohren
hinunterlief.

Jäh stürzte Hans jetzt auf, stieß Gerd, der
ihn am weglaufen hindern wollte zur Seite,
und lief torkelnd, mit noch immer der
gleichen Angst im Nacken auf den Fluss
zu.

Gerd rappelte sich bestürzt auf und rannte ihm hinterher. Trotz verzweifelter Bemühungen Gerds, ihn noch vor dem Fluss abzufangen, war Hans früher an der deichabwärts führenden Treppe.
Er sprang hinunter, stürzte, und fiel kopfüber die restlichen Stufen hinab.
Gerd stürzte ihm, das Schlimmste ahnend, hinterher. Auf den ersten Treppenstufen angelangt,
sah er dann Hans regungslose Gestalt, teils auf den letzten Stufen der Treppe und teils auf dem nur spärlich mit Gras bewachsenen Ufersand liegen. Gerd eilte die Treppe noch schneller hinunter. In dem Glauben nichts mehr für ihn tun zu können, gelangte er bei Hans an, der leblos schien. Doch zu seiner Freude stellte er fest, dass sein Freund noch lebte und darüber hinaus auch wieder klaren Kopfes zu sein schien.
Denn auf seine Frage, ob sich Hans verletzt hätte, vernahm er die zwar leise geflüsterten, aber dennoch erfreulichen Worte: „Nein, es ist nichts, sei beruhigt, es

ist nichts..." Und auf eine erneute besorgte Frage von Seiten Gerds: „Nein es ist wirklich nichts, doch lass mich, bitte, lass mich hier liegen."

Schulterzuckend entfernte sich daraufhin Gerd, um sich am Wasser zu erfrischen. Zu seinem Freunde zurückgekehrt, der zu schlafen schien, überwältigte ihn plötzlich eine bleierne Müdigkeit. Und er legte sich nicht weit von Hans hin, um seinerseits zu schlafen.

Beruhigt schlief er ein und spürte vor Müdigkeit auch nicht mehr die nächtliche Kälte.

Als er frühmorgens, vom Winde zerzaust und von der Sonne geweckt, von seiner Schlafstätte aufstand, stellte er fest, dass sein Freund Hans tot war.

Im Rausch der Illusion

Guitar-Sam saß in einer Ecke und lauschte der Musik. Er zog an einer Zigarette. Er zog tief und ließ den Rauch mit einem Pfeiflaut wieder ausströmen.

Jeden Abend, jeden Morgen; jeden Tag: Musik.
Das einzig wahre, das Absolute.
Musik ist Leben, dachte er sich. Mein Leben.

Und wieder zog er an seiner Zigarette. Er stellte das Radio ab und nahm seine Gitarre, spielte und träumte von großen Auftritten, von ihn umjubelnden Fans. Großer Gott dachte er, auch wenn es dich nicht gibt, so lass mich doch Musiker werden, lass mich Erfolg haben. Übe Gerechtigkeit wider den Begabten. Lasse mich zu meinem Ziele kommen. Musik, nur Musik, einzig und allein Musik ist das, was ich liebe und das, was ich lebe.
Ich will lieben, will leiden, aber immerfort

spielen, eines sein mit Musik. Das Echte
will ich spielen. Die Wahrheit will ich
euch und jedem sagen.
Vielmehr, ich will sie spielen.
Welch herrliche Variationen, welch Tönen,
welch einzigartige Melodie.
Auch wenn ich keine Noten lesen kann, so
weiß ich doch, dass ich spielen kann,
verzaubern kann.
Entzücken und entrücken möchte ich die
Welt mit meiner Musik.

Wieder nahm er einen tiefen Zug aus
seiner Zigarette.

Die Herrlichkeit will ich bringen in den
Alltag jener allzu stumpfen und eintönigen
Welt. Mit meiner Musik will ich sie
bringen und mich und alle für ewig
erretten.

Er stellte die Gitarre behutsam beiseite,
griff sich die auf dem Tisch stehende
Flasche Whisky und goss sich ein.

Wäre doch nicht auch für mich dieser Alltag, jener grässliche und störende, so könnte ich wahrhaft frei und losgelöst spielen, zu meiner Freude und zu aller Freude.

So dachte er und so denkt er noch heute. Doch was, oh Guitar-Sam wird mit dir in dieser Welt, die von hoher Kunst nun gar nichts hält?

Der Motorradgott

Jimmy liebt das Risiko und er dreht den
Hahn weit auf.
Er fühlt sich frei im
Geschwindigkeitsrausch, dahinfliegend
über den grauen Asphalt.
Schwebend wie ein Gott.
Das ist für ihn die Welt.
Seine Zimmerwände hängen voll von
Photos großer und kleiner Maschinen. Er
liebt sie und nachts träumt er von ihnen.
Jede Minute seiner Freizeit opfert er für
die endlose Bastelei, die er an dem
Zusammenbau einer Cross-Maschine
vollbringt.
Endlos die Tage und unzählbar die
Träume, doch eines Tages werden sie
Wirklichkeit sein. In Erfüllung seiner
höchsten Ideale wird Jimmy dann im
Triumph durch die Straßen fegen und
jenen Hauch Freiheit atmen, der für ihn die
Welt bedeutet.

Er träumt davon gleich einem Gott, als
Rennfahrer zu siegen und auf dem
Siegerpodest zu stehen, umjubelt, als Idol
zehntausender Gleichgesinnter.

Doch pass auf Jimmy! Die Träume gehen
mit dir durch.
Das Pferd wirft seinen Reiter ab. Sei auf
der Hut mein Junge. Die nächste Mauer
wartet schon.

Stadtmensch sein

Beton an Beton. Mal bummeln gehen
zwischen Fassaden. Oder ins Kino.

Leuchtreklamen, wohin man sieht. Die
heile Welt, die sie versprechen, gibt es
nicht. Mindestens zwei Verkehrstote am
Tag.
Isolation in den Hochhäusern: Wissen sie,
wo der Kunze wohnt?
Nein? Ach, der wohnt ja direkt neben
ihnen.

„Kulturelles Angebot". 250.000 Menschen
erschienen zur Parler-Ausstellung in der
Kunsthalle. Das ist doch schon eine ganze
Menge,
nicht wahr? Und von den circa 20 Galerien
hier in Köln kennt von denen keiner eine
einzige. Bis auf die Kunstprofessoren.
Vielleicht!

Verkehrswege von 5 bis 10 Kilometern werden bei Stoßzeiten, mit dem Auto oder mit der Bahn, zu Reisen von 1 bis 1 ½ Stunden Dauer. Zeit muss man haben, aber schnell muss es gehen, wenn der Geschäftsmann von Köln nach Tokio muss. Verreisen kann man von hier sehr gut.

Mit dem ertristeten Geld vom ganzen Jahr beispielsweise. So verzichten Arbeiterfamilien, zum Beispiel, auf das neue Auto, um verreisen zu können. Verreisen, am liebsten das ganze Jahr.

Auch dort fällt der Stadtmensch seinem Trieb zum Opfer, sich in der Masse zu knebeln. Dort zwängt er sich in reservierte Strandstühle und lässt sich mittags (eine für die Einheimischen unvorstellbare Zeit) in der Sonne braten. Wie das Brathähnchen!

Und die gibt's im Kaufhof nebenan. Dort gibt es gleiche Qualität zu gleichen

Preisen.
Nichts besonderes. Mich aber stört es im Restaurant von den gleichen Tellern zu essen, wie daheim. Als ob es keine Auswahl gäbe.

Suche du einen Menschen, zwischen diesen von morgens bis abends gestressten Menschen. Suche du einen Menschen im Gewühl. Zwischen Pfannen und Töpfen oder am Schalter und in der U-Bahn. Abendliche Kneipen. Stumme Gäste und leere Gesichter.

Schlafen. Im Bett zwischen den ewig gleichen Wänden.

Aufwachen! Was? Schon so spät? Dann Beeilung!
Das Gummibrötchen mit der nach Chemie schmeckenden Konfitüre hinunterwürgen.

Ein neuer Tag steht vor der Tür und gleich darauf an der Haltestelle.

Späte Rehabilitation

Fritten-Leni in der Nettengasse, wie
triumphierend war doch für uns
Kinder der Weg zu Dir.
Schon vorher den Duft frisch frittierter
Pommes in der Nase – für uns Kinder der
7. Himmel.
Je näher wir kamen, umso besorgter
zählten wir unsere Groschen:
Reichte es diesmal wieder zu einem
großen Schlag Mayonaise oder gar Fritten
„rut-wieß"?
Wenn wir die Groschen abzählten, konnte
es mitunter sein, dass diese nur reichten für
eine „Fritten ohne alles".
Den salzigen Geschmack hatten wir schon
vorher im Mund.

Eines Tages geschah es, dass Fritten-Leni
ausgerechnet an einem schönen
Sommersonnentag ihr Geschäft
geschlossen hielt.
Wir drängelten uns vor dem Geschäft und

pressten die Nase ans Schaufenster.
"Wegen Geschäftsaufgabe geschlossen"
stand dort zu lesen.
Mit Fritten-Leni's Wegzug hatte niemand
von uns Kindern gerechnet.
Von diesem Tag an war die Nettengasse
nicht mehr ‚die' Nettengasse.
Und ein weiterer Kindertraum starb mit
dem Fortgang von Fritten-Leni.
Ihr wirklicher Name war uns gar nicht
bekannt. Und erst Jahre später erfuhren
wir, dass ein schweres Krebsleiden sie
einst zur Geschäftsaufgabe zwang.

Was Krebs war, wussten wir
Halbwüchsigen nur ansatzweise:
eine wohl meist unheilbare Krankheit.
Doch es reichte als Begründung in unserer
kindlichen Moral: Fritten-Leni's Weggang
empfanden wir nicht mehr als ungerechte
Strafe.
Fritten-Leni, die Pommes-Heilige aus der
Nettengasse war wieder rehabilitiert.

Der erste Kuss

Es war in Südtirol – in der Nähe von
Bozen.
Ich war Mitglied einer Reisegruppe des
Jugendrotkreuzes aus Köln.
Du warst dort eine Einheimische – eben
ein zartes, hübsches Mädel aus Südtirol.
Mit etwa zwölfeinhalb Jahren waren wir
wohl noch zu jung für ein
Liebespaar.
Nicht autonom genug und dennoch so
immens sehnsuchtsvoll, wie selten später
noch, so intensiv-seelisch fühlten wir.
Als wir uns dort fast zufällig begegneten,
war es – nach Momenten anfänglicher
Scheu – bald schon geschehen.
Zärtlich aneinandergeschmiegt – nicht
mehr loslassen wollend, so berührten wir
uns.
Unser erster gemeinsamer Kuss brachte
um ein Haar die Gletscher zur Schmelze,
die Sonne schien dazu lichterloh.
So liebevoll intim und intensiv war er –
der erste Kuss.

In diesem Augenblick hätte ich an Faustens Stelle („Verweile doch, du bist so schön!") Mephisto verfallen können – als Gegenstand seiner Wette mit Gottvater.

Doch war ich lange noch kein Weiser; eben nur ein Heranwachsender - „noch etwas grün hinter den Ohren", wie man so sagt.

Wir, die Geliebte und ich, sahen uns noch einige male inniglich – bis zur baldigen Abreise, die unvermeidbar war und schmerzhaft zugleich.

Danach gab es noch für etwa ein halbes Jahr bitterzarte Liebesbriefe – die Träume waren riesengroß – aber, das war es denn auch schon.

Ich habe nie wieder von ihr gehört.

Licht am Morgen

Der Anker lag auf tiefem Grund. Die See war ruhig und nur gelegentlich klatschte eine Welle an die Bordwand.
Matrose Hagen versah seinen Dienst wie sonst auch, nur heute war irgend etwas anders als sonst.
Nicht die Wellen, nicht die Reibung des Windes war es, was auffiel, nein es war ein Leuchten am Horizont mitten auf hoher See. Und obwohl das Schiff geankert hatte, kam das Leuchten immer näher.
Matrose Hagen dachte zuerst an eine Fata Morgana – doch die Gestalt, die am Horizont sichtbar wurde, glich dem Christus, wie man ihn aus Kirchengemälden und Skulpturen kennt. Segnend strich die leuchtende Gestalt über die Wellen. Und es wurde im Morgendämmern so hell, wie sonst zur Mittagszeit.

Plötzlich erhob sich die Gestalt über die Wellen, weit nach oben und verlor sich schließlich in den Wolken.
Das ganze geschah gegen Kriegsende 1945.
Noch heute ist sich der Matrose Hagen, mittlerweile ein älterer Rentner geworden, nicht sicher, ob er damals wachte oder träumte.

Aische hat Angst

In der Sonnenallee leben viele
Zuwanderer. Der normale Deutsche wohnt
nicht hier.
Hier wohnen Menschen wie Murat und
Aische. Beide sind Hauptschüler und
zählen zur sogenannten „dritten
Generation". Die Eltern sind bereits in
Deutschland geboren, die Großeltern
kamen einst als „Gastarbeiter". Murat ist
Anhänger der ‚grauen Wölfe', er lebt zwar
in Deutschland, aber in seinen Träumen
haben nur türkische patriotische Vorbilder
Platz. Obwohl er Hauptschüler ist, liest er
regelmäßig die „Hürriyet", eine Zeitung,
die unter der Halbmondflagge tagtäglich
mit dem nationalistischen Sinnspruch „Die
Türkei den Türken" erscheint. Murat lehnt
Deutsche als Freunde ab. Er fühlt, das
Türken etwas ganz Besonderes sind. Der
Urahn aller Türken, Turan, ist für ihn das,
was für deutsche ‚Siegfried' ist. Murat

fühlt sich als Beschützer seiner Schwester Aische. Wenn er wüsste, dass Aische in einen Deutschen verliebt ist, würde er diesem Schläge androhen, wenn er seine Finger nicht von Aische lässt. Bernd weiß über Murat Bescheid. Wenn es nach Murat geht, muss Aische bald mit ihm und seinem Vater in die Türkei fahren, um einem zünftigen Türken als Frau versprochen zu werden. Aische hat Angst vor den nächsten Ferien. Dann soll es, wie jeden Sommer nach Antalya zu Verwandten in der Türkei gehen. Aische hat den Verdacht, dass dieser Urlaub dazu genutzt werden soll, sie mit einem dort geborenen Türken, den sie nicht kennt, zu verheiraten. Schließlich ist sie schon sechzehn und wird bald von der Hauptschule abgehen. Bernd trifft sich nur heimlich mit Aische. Kurz nach Schulschluss verschwinden beide gelegentlich im nahe gelegenen Park, um dort ungestört, Händchen halten zu können.

Da dieser Park ein beliebter Hundeauslaufplatz ist, kommen Türken hier normalerweise nicht hin – es sei denn, sie sind selbst Hundehalter. Aber in der Sonnenallee sind Hundehalter kaum anzutreffen, denn alle Nachbarn und auch die Familie von Murat und Aische leben von ‚Hartz IV', mit Ausnahme der beiden Kioskbesitzer. Aber auch diese haben keinen Hund.

Aische hat eine Riesenangst vor ihrem Bruder und davor, dass Bernd etwas zustoßen könnte. Aber am meisten fürchtet Aische den herannahenden Sommer. Gerne möchte sie so frei, wie ihre deutschen Freundinnen sein. Doch über allem, was Aisches Zukunft anbelangt, schwebt Allah, der eifersüchtige Gott und die unantastbare Ehre der Familie.

Nachts träumt Aische von einem Leben mit Bernd, doch sie weiß, dass niemand in ihrer Familie das verstehen würde. Aische weiß, dass sie verstoßen würde, wenn ihre Liebe zu Bernd die eines Tages bevorstehende Heirat in der Türkei gefährden würde. Aische träumt mit Horror von der wohl bald bevorstehenden Zwangsverheiratung. Aische hat Angst: täglich, stündlich, ja jede Minute und jede Sekunde. Denn niemand darf von ihrer Liebe zu Bernd erfahren. Und sie weiß, dass diese Liebe keine Chance hat. Niemand schützt sie davor, dass sie sich ihrer Familie beugen muss.

IM FEUER

Es geschah in den letzten Kriegstagen in
Westfalen.
Die Burg stand in lodernden Flammen.
Ein einzelner in ein dunkles Gewand
gekleideter Mann stand davor und
versuchte mit zwei Eimern Wasser in
beiden Händen zu löschen, was aber ganz
aussichtslos war.
Plötzlich fuhr aus einem angrenzenden
Waldstück ein Army-Jeep vor.
„Who you are?" fragte ein Sergeant den
Mann, der die aussichtslosen
Löschversuche unternahm.
Er gab keine Antwort.
„Who you are?" fragte erneut der Sergeant.
Verzweifelt kämpfte der Unbekannte
weiter mit den Flammen und wurde
eingehüllt in eine Rauchwolke.
Der Sergeant zog nun seine Pistole.
„Hands up!" bellte der den mit Rauch und
Flammen kämpfenden Unbekannten an,

der ihn aber nicht weiter zu beachten
schien.

Plötzlich machte der Unbekannte einige
Schritte in Richtung auf den Nordturm der
brennenden Burg zu.

Der Sergeant schoss einige Male scharf auf
den Flüchtenden, der schließlich wenige
Schritte vom Nordturm entfernt,
schwerverwundet zusammenbrach.

Der Sergeant ließ sein Begleitkommando
im nahegelegenen Dorf einen Arzt holen.
Als dieser nach einer halben Stunde an der
brennenden Burg eintraf, konnte er nur
noch den Tod des von mehreren Kugeln
getroffenen Mannes feststellen.

„Who was it?" fragte ihn der Sergeant.

Mit gepressten Lippen murmelte der Arzt
in Richtung des Sergeanten:

„Das war ... der Burghauptmann ... der
Wewelsburg."

Mohammeds letzter Wille

„Madhi, Meister, ihr habt mich zu euch
gerufen. Geht es euch wieder besser?"
fragte Abu Bakr, als er in Mohammeds
Gemach eintrat.
„Ach, Abu Bakr, alter Gefährte, es ist gut,
dass ihr mich überdauern werdet, damit die
Gläubigen weiter rechtgeleitet werden...",
so sprach ihn Mohammed mit einem
besorgten Gesichtsausdruck an. „Meister,
steht es denn so schlecht um euch?"
entgegnete Abu Bakr. „Der Himmel möge
verhüten..., - Allah sei Dank, dass er Euch
in unsere Mitte geführt hat -..., der Himmel
möge verhüten, dass Euch jetzt etwas
zustößt!"
„Was sollte mir noch anderes zustoßen, als
der Tod?" fragte ihn Mohammed zu Abu
Bakrs Entsetzen.
„Wenn es so schlimm um Euch steht,
Meister, dann gib uns Allahs Weisungen,
wie nach Eurem Tode zu verfahren ist!"
rief Abu Bakr

besorgt. – „Noch ist es nicht so weit, alter Gefährte" sprach Mohammed nun, „doch ich habe noch etwas auf dem Herzen, was Dich und mich gleichermaßen angeht".

„Was kann das sein?" fragte Abu Bakr verwundert.

„Nun, es geht um Aischa", sprach Mohammed. „Gewiss habe ich unrecht getan, als ich sie so jung zur Frau nahm", Mohammed runzelte die Stirne, „doch Allah hat mir verziehen". Abu Bakr wurde nun seinerseits ganz nervös: „Aber es war doch Allahs Wunsch, dass ihr sie zur Gemahlin nehmet!" – „Nicht ganz", erwiderte Mohammed, "Allah hat sie mir wohl versprochen, aber ich sollte ihre erste Reife abwarten und das habe ich nicht getan, somit habe ich mich schuldig gemacht, bei Allah und den sieben Himmeln..." – Abu Bakr entgegnete schnell: „Aber Aischa liebte Euch doch, zwar wie ein Kind, aber sie war doch mit allem einverstanden!" – „Dennoch habe ich Unrecht getan", sprach Mohammed, „Allah wollte, dass ich warte, bis sie das erste mal blute, doch ich habe es nicht vermocht. Mein Begehren war zu groß". „Versprich mir", sprach Mohammed weiter, „dass Du nun wie eine Amme für sie sorgst und sie keinem andern Manne mehr zur Frau gibst". – „Wie sollte ich", sprach Abu Bakr erschrocken, „Sie ist doch Eure Lieblingsfrau!".

„Ja, das ist es ja eben", sprach Mohammed. „Die, die sich an meine Stelle setzen wollen, werden sie zuerst begehren!".

„Allah sei mit mir, beim unschuldigen Blute meines Kindes, so gewiss ich Abu Bakr heiße, werde ich das zu verhindern wissen!"

Nun verließ Abu Bakr, Mohammed, und während er Aischa aufsuchte erreichte ihn die Nachricht, dass Mohammed unmittelbar nach seinem Besuch einen Krampfanfall erlitten habe und daran verstorben sei...

DIE ‚SPANISCHE KRANKHEIT'

Vor wenigen Wochen las ich in einer
Tageszeitung als Randnotiz,
dass in Spanien 500-EURO-Scheine
gehortet werden. Obwohl die spanische
Geldmenge nur rund 15 % des
Bargeldumlaufes der EURO-
Mitgliedsstaaten ausmacht, verfügen die
Spanier über die meisten umlaufenden
500-EURO-Bargeldnoten.
Da fiel mir mein Freund Pablo, ein
mittsiebziger Spanier ein. Er hatte mehrere
kleine Erbschaften gemacht und hortete
das Geld in 500-EURO-Scheinen in einem
Bankschließfach.
Da er das Geld angesichts der EURO- und
Bankenkrise in seinem Bankschließfach
nicht mehr als sicher genug aufgehoben
empfand, fasste er – ohne Wissen seiner
Freunde und Verwandten - vor wenigen
Monaten den Entschluss alle verfügbaren
500-EURO Geldscheine bei sich zu Hause
unterzubringen.

Pablo, von Natur aus, in allen Geldangelegenheiten, ein misstrauischer Mensch, suchte nun nach einem idealen Versteck für seine große Barschaft.

Da er den Platz unter der Matratze als zu unsicher empfand, kam er auf die exaltierte Idee, alles Barvermögen in seinen mehr als 300 Büchern zu verstecken. „Da schaut außer mir sicherlich niemand rein", dachte er.

Nun begab es sich, dass Pablo zu jener Zeit an hohem Blutdruck litt.

Als ich ihn eines Tages anrief, um ein Treffen mit ihm, in einem der zahlreichen Kölner Bistrocafes abzusagen, stellte sich heraus, dass er einen Hirnschlag erlitten hatte. Pablo war nun halbseitig gelähmt und konnte weder stehen, noch laufen.

Er wollte aber partout nicht ins Krankenhaus, wohl aus Sorge, was damals noch niemand ahnte, um sein zu Hause heimlich verstecktes Geldvermögen. Als er, nach einiger Überredungskunst seiner besten Freunde nun doch bereit war ein Krankenhaus aufzusuchen, war es um seine Barschaft geschehen. Sowohl seine Putzfrau, wie auch eine Mitbewohnerin hatten die Fährte des Geldes längst aufgenommen.

Als Pablo nach über einem Monat endlich aus dem Krankenhaus entlassen werden sollte, verweigerte die Mitbewohnerin, ihm den Zutritt zur gemeinsamen Wohnung. Zu seinem Glück konnte er, pflegebedürftig, wie er nun war, gleich nach dem unumgänglichen Krankenhausaufenthalt in einem Pflegeheim der besseren Kategorie unterkommen. Es erwies sich allerdings als Schwierigkeit, dass Pablo, leichtsinnig, wie er nun einmal war, bereits lange Zeit vor seinem Krankenhausaufenthalt, alle Versicherungen, darunter auch die freiwillige Pflege- und Krankenversicherung, restlos gekündigt hatte. Also wurde nun sein kleines Vermögen dringend zur Begleichung der Krankenhaus- und Altenheimkosten benötigt. Doch von seiner Barschaft fehlte plötzlich jede Spur. Wer es nun an sich genommen hatte, etwa die Putzfrau, die

Mitbewohnerin oder auch gelegentliche Besucher in der gemeinschaftlichen Unterkunft, das war im Nachhinein nicht mehr feststellbar.

Also kam es, wie es kommen muss: Statt sich noch im Alter seines kleinen Geldvermögens erfreuen zu können, ist Pablo nun Kunde des örtlichen Sozialamts. Die ‚spanische Krankheit' hatte wieder einmal zugeschlagen.

OSAMA BIN LADEN ist tot

Präsident Barack Obama lümmelt sich in seinen Stuhl, mitten im Operation Room des Weißen Hauses, neben ihm Hillary Clinton, nebst weiteren Top-Secret-Force-Mitarbeitern des Weißen Hauses.
Vor ihnen steht ein großer Bildschirm.
Jemand ruft „Operation Geronimo" hat begonnen.
Zunächst sieht man auf dem Bildschirm nicht viel. Es ist wohl recht dunkel am Ort der Operation. Dann kommt ein Haus in Sicht. Im Treppenhaus hört man Gewehrfeuer sowie einige arabische Flüche.
Es dauert einige Minuten bis die US-Elitesoldeten bis in den höchsten Stock des Hauses gestürmt sind, in dem sich nach zuverlässigen Geheimdienstinformationen Osama bin Laden, der Welt meistgesuchter Terrorist, befinden soll.
Nun huschen einige Frauen durch das Bild, die sich rasch zu verschleiern suchen.

Dann fokussiert die Kamera einen Mann mit graumeliertem Bart, im Schlafanzug. Daneben versucht eine aufgeregte Frau, die vorstürmenden Soldaten mit geworfenen Schlafkissen aufzuhalten.
Ein Schuss ertönt – noch einer: „Osama bin Laden is hardly injured!" ruft einer der Soldaten.
Kurze Zeit später hört man eine Frau schreien.
„Osama bin Laden is dead!" ruft aufgeregt der kommandierende Offizier der Operation, für die vor dem Bildschirm im Weißen Haus versammelten Regierungsmitarbeiter deutlich vernehmbar.
Im Operation Room des Weißen Hauses brandet Beifall auf.
Kurze Zeit später melden ABC News „Osama bin Laden has been killed by US-Forces".
Die Welt steht Kopf.
In Dschibuti ist die Stimmung gedrückter als sonst. In Islamabad erzeugt die eintreffende Meldung ungläubiges

Staunen.

Die Welt ist einen Schurken los. Doch in der arabischen Welt mischt sich Trauer mit Abscheu über die Brutalität des Einsatzes. Bald heißt es dort zudem, man glaube nicht, dass Osama bin Laden der getötete sei. Man verlangt Beweise. General Mussharaf gibt bereits ein zweifelndes Interview.

Doch die übrige Welt ist voller Zuversicht. So titelt das Online-Magazin der WELT schon sehr bald „Osama bin Laden ist tot".

Dabei wird es bleiben, die nächsten Tage, - Sonne und Mond gehen auf und unter, wie zu jeder Jahreszeit. Die Zivilisation vibriert und die ewigen Nörgler bleiben unter sich...

Teufelskerle

Tobias keuchte, nachdem er etwa 400 Meter im Sprint durch die Gassen von Bonn gelaufen war, um seine Verfolger abzuschütteln.

Irgendetwas war schiefgelaufen, nachdem er am letzten Freitag, der ein 13. war, aus Neugierde an einer dieser berühmt berüchtigten Satansmessen teilgenommen hatte - in einer unscheinbaren Bauernkate im dem an Bonn angrenzenden Dörfchen Alfter, welches allein wegen seiner anthroposophischen Hochschule überregional bekannt geworden war.
Das Ritual war gelaufen, wie erwartet, er bekam ein Kapuzenhemd übergezogen und war streng angewiesen worden, mit keinem der Anwesenden ein Wort zu wechseln, noch gar anschließend über das dort praktizierte Ritual gegenüber Dritten nur ein Wort zu verlieren.

Er sei dann ganz in Satans Hand bedeutete man ihm, wenn er es wagen sollte das eherne Schweigegelübde zu brechen - wobei man ihm gegenüber die Geste des Halsabschneidens machte.
Doch Tobias hatte sich nicht an die verabredeten Bedingungen gehalten. Ja, er war sogar so weit gegangen, dem Pfarrer der Christengemeinschaft, der ihn konfirmiert hatte, von der Teilnahme an dem Ritual in allen Einzelheiten zu berichten, was sich offenbar rumgesprochen hatte.
Seitdem bekam er telefonisch Morddrohungen.
Und eben gerade verfolgten ihn zwei vermummte Gestalten durch die halbe Bonner Altstadt, bis sie glücklicherweise seine Spur verloren.

Tobias hatte die Drohanrufe für einen bösen Scherz gehalten. Doch seitdem ihm in aller Öffentlichkeit von vermummten Gestalten aufgelauert worden war, beschloss er sich an die "Omerta", wie die

Italiener es nennen, also an das Gesetz des Schweigens zu halten.

Er war erleichtert, als ihm Jan, den er eigens dazu anrief - und welcher es auch war, der ihn zu der Schwarzen Messe mitnahm - bedeutete, er werde Tobias Reue den Ordensoberen melden. Er riet Tobias, noch ein paar Tage Vorsicht walten zu lassen, gab sich aber überzeugt, dass Tobias nun nichts mehr zu befürchten hatte...

Jan aber, der die leidige Angelegenheit damit beendet glaubte war geschockt, als er einige Tage später im Bonner General-Anzeiger von einem Ritualmord las. Etwas unheimlich war ihm schon, aber er dachte dabei nicht direkt an Tobias. Erst als ihm, wieder zwei Tage später, von Tobias Eltern eine Todesnachricht mit Beerdigungsanzeige zugegangen war, wußte Jan, dass da - in der Tat - wohl etwas mächtig schiefgelaufen war...

DAS GIFT DES ABGRUNDS

Das Telefon schrillte schon die ganze
Nacht. Frazer hatte keine Lust gehabt
abzuheben, denn er war wirklich
hundemüde.
Als er dennoch abhob, hörte er eine
weinerliche Stimme am anderen
Ende der Leitung: „Sie haben ihn
umgebracht. Und ich habe ihn verraten.
Die Gesellschaft wird mir dies niemals
verzeihen."
Frazer hatte keine Lust auf ein längeres
Gespräch mit Ita Wegman.
„Na dann äschern sie ihn eben ein. Den
Totenschein werden sie wohl
zu manipulieren wissen. Sie sind
schließlich Ärztin. Kein Mensch soll die
Wahrheit wissen!", entgegnete ihr Frazer.
Am anderen Ende der Leitung knackte es
nur kurz. Frazer hatte aufgelegt.
Ita Wegman beriet sich mit Hilma Walter,
was jetzt zu tun wäre.

„Auf keinen Fall darf auf dem Totenschein stehen: Todesursache unbekannt.", flüsterte Hilma Walter, „Dann wird der Meister nämlich von der Gerichtsmedizin obduziert. Und wir stehen schließlich als die Schuldigen da."

„Gut, ich werde Krebs als Todesursache angeben, und die Giftampullen lasse ich zwischenzeitlich verschwinden.", stimmte ihr Ita Wegman zu.

„Wenn die Gesellschaft daran interessiert ist das Andenken Rudolfs zu retten, dann wird auch der übrige Vorstand stillschweigen. Es sei denn Marie Steiner würde den großen Skandal riskieren.", sagte Ita Wegman fragend zu ihrer Kollegin.

„Ich habe den Eindruck, dass Rudolf Steiner ihr heilig ist", entgegnete Hilma Walter. „Daher wird sie sich wohl fügen."

„Im Nachrichtenblatt sollte etwas stehen von ‚unklarer Todesursache', nur der Totenschein muss eine exakte Todesursache enthalten, am besten Pankreaskrebs", schlug Ita Wegman vor.

„Ja, nach Gift wird man da nicht lange
suchen" antwortete Hilma Walter, „und
auch die durchgeführte Operation wird
diesen Verdacht untermauern".
„Wenn die Gerichtsmedizin dann noch
mitspielt dann sind wir gerettet",
entgegnete Ita Wegman.
„Nur auf den Vorstand werden schwere
Tage zukommen" fürchtete Hilma Walter.
„Albert Steffen habe ich schon im Griff
und auch Elisabeth Vreede wird mir jeden
Wunsch von den Augen ablesen. Es bleibt
nur Marie Steiner übrig, die plaudern
könnte – allerdings hat sie keine richtigen
Beweise", fuhr Ita Wegman fort, „und das
wenige, was der Doktor ihr sagte, reicht
nicht aus, um uns öffentlich zu
beschuldigen."
Hilma und Ita reichten sich die Hand, wie
zum Schwure, und alles verlief so, wie
geplant.
Dass Jahrzehnte später vom „Giftmord an
Rudolf Steiner" öffentlich
gesprochen wurde, und das nicht nur hinter
vorgehaltener Hand, das

konnten sich die beiden Ärztinnen
Wegman und Walter bis zu ihrem
Tode nicht vorstellen.
Und dennoch geschah es. Doch – wie
beabsichtigt – durch die Einäscherung von
Rudolf Steiners Leichnam war jede
Aufklärungsmöglichkeit genommen. Und
die düsteren Gerüchte und
Schlagzeilen die kursierten mussten von
den Erben der Beteiligten eben
hingenommen werden.
Der düstere Plan der Loge Frazers' war
offensichtlich aufgegangen.

Was ist Wahrheit?

Pilatus ist ratlos. „Was ist Wahrheit?“,
sagte er vor Tagen noch. Doch das war
eine bloße Ausflucht.

In diesem gütigen Manne aus Nazareth
konnte er kein Unheil erkennen.

Weshalb waren die Juden so erbost?

Als er schließlich seine Hände in
vermeintlicher Unschuld wäscht, da spürt
er die Angst dennoch schuldig geworden
zu sein.

Nachts quälen ihn seither Dämonen und
tagsüber ist er nur noch ein Schatten seiner
selbst.

Wenn da nicht auch noch seine Frau wäre,
die dem Manne aus Nazareth die Hand
reichte und vor seinem Blicke die Augen
niederschlug.

Ja, sie traf sich seither sogar heimlich mit seinen Anhängern, erzählte von der Auferstehung und dass sie wahrlich zum Glauben kam.

„Wie soll das alles nur enden?", flüstert der weiterhin ratlose Pilatus, Statthalter zwar, - noch ist er es -, doch im Augenblick wäre er am liebsten der geringste seiner Knechte.

„Was ist Wahrheit?", wiederholt er nochmals und sieht sogleich den hageren Mann aus Nazareth vor sich, der ihn aus gütigen Augen durchdringlich ansah.

Ja, dieser war die Wahrheit. Und sie wurde von ihm, Pilatus, nicht erkannt.

Nachweis der Erstveröffentlichungen:

Der Griesgram: Erstveröffentlichung
Handzeichen – Zeitung für
unveröffentlichte Texte, Ausgabe I
1979

Dicke Bohnen: Erstveröffentlichung
Handzeichen – Zeitung für
unveröffentlichte Texte, Ausgabe II
1979

Die Totengräber: Erstveröffentlichung
Handzeichen – Zeitung für
unveröffentlichte Texte, Ausgabe II
1979

Kram: Erstveröffentlichung
Handzeichen – Zeitung für
unveröffentlichte Texte, Ausgabe III
1980

Märchen: Erstveröffentlichung

Handzeichen – Zeitung für
unveröffentlichte Texte, Ausgabe III
1980

Im Rausch der Illusion :
Erstveröffentlichung
KLEXPRESS, Zeitung der T.O.T.
Magadha,
Köln-Junkersdorf, Ausgabe V, 1978

Der Motorradgott : Erstveröffentlichung
KLEXPRESS, Zeitung der T.O.T.
Magadha,
Köln-Junkersdorf, Ausgabe V, 1978

Die ‚spanische Krankheit':
Erstveröffentlichung
Zeitschrift ‚Akzente' (BTZ Köln), Juli
2011

Autobiographische Notiz:

Michael Heinen-Anders, geb. am 25.02.1960, zwei Töchter, Erstausbildung als kaufmännischer Angestellter/Buchhändler.
Dann 1982 Studium der Wirtschafts- und Sozialwissenschaften, Abschluß: Diplom-Ökonom (Bergische Uni Wuppertal) 1988/89.
Ehemals Mitherausgeber der Kölner Literaturzeitung HANDZEICHEN – Zeitung für unveröffentlichte Texte (1978 – 1982). 1976 - 1980 verantwortlicher Redakteur der Zeitschrift KLEXPRESS (Jugendzentrum „Magadha", Köln-Junkersdorf).

Tätigkeiten im Sozialwesen, in Wirtschaftsförderung und Verwaltung.

Seit 1994 Mitglied der Anthroposophischen Gesellschaft – Rudolf-Steiner-Zweig, Köln. Zeitweise

(1996 – 1997) Vorstandsmitglied der
ELIAS-Initiativgemeinschaft.

Der Autor lebt und arbeitet seit frühester
Jugend in Köln und Umland
(mit Ausnahme eines dreiviertel Jahres als
Mitarbeiter der Wirtschaftsförderung in
Gronau/Westfalen).

Zahlreiche literarische, essayistische und
wissenschaftliche Veröffentlichungen.